Des mêmes auteurs à *l'école des loisirs*

Collection Mouche

Série Chère Bertille
1. *Et la Lune en gruyère*
2. *Au centre de la Terre*
3. *À bord du Redoutable*

Série Après minuit
2. *Le professeur fou*
3. *Dans les ténèbres du bois Trochu*

Collection Album

Série Les chiens pirates
1. *Adieu Côtelettes !*
2. *Prisonniers des glaces*
3. *Dans les griffes de Barbechat*
4. *Les Chiens Pirates et le Vaisseau Fantôme !*
5. *Pili Pili !*

Un loup sort dans la nuit
Radio Banane
La compagnie des griffes

© 2020, l'école des loisirs, Paris
Loi n° 49.956 du 16 juillet 1949 sur les publications
destinées à la jeunesse : octobre 2020
Dépôt légal : janvier 2026
Imprimé en France par l'imprimerie Pollina
à Luçon – 503912

ISBN 978-2-211-30371-2

Une histoire écrite et dessinée par
Clémentine Mélois & Rudy Spiessert

Après minuit

Trop de sel dans les pâtes

l'école des loisirs
11, rue de Sèvres, Paris 6ᵉ

Ça a commencé comment ?

Ça a commencé comme ça. Le truc, c'est que papa met toujours trop de sel dans les pâtes, et avec Romy (Romy, c'est ma petite sœur), on crevait de soif.

Mais attendez, je crois qu'il faut que je revienne un peu en arrière, sinon vous n'allez rien comprendre.

Avec papa et Romy, ça fera deux mois vendredi prochain qu'on est arrivés dans la nouvelle maison.

Avant on habitait en ville, dans un appartement, mais c'était petit et maman a eu ce travail qui fait qu'elle est tout le temps partie, alors papa a décidé de revenir ici, près de chez mémé (mémé, c'est la mère de papa).

La maison est pas mal, on a une chambre chacun et ça c'est carrément mieux qu'avant, parce que je ne vous raconte pas ce que c'est que de partager une chambre avec Romy (Romy, c'est ma petite sœur, je crois que je vous l'ai déjà dit).

Elle passe son temps à parler pour dire des trucs qui ne m'intéressent pas, et puis elle croit jouer très bien de la clarinette alors qu'en fait elle casse les oreilles à tout le monde.

Mais dans l'ensemble elle est quand même sympa, pour une fille.

Papa, je ne comprends pas trop ce qu'il fait, comme travail, mais il reste tout le temps chez nous sur son ordinateur et il râle quand il y a une panne d'Internet.

(Et aussi, dans la nouvelle maison, on a un grand jardin avec des chênes et des écureuils, mais ça n'a rien à voir avec l'histoire que je dois vous raconter.)

Ce qu'il faut que je vous explique, c'est qu'avec Romy on a dû changer d'école, vu qu'on n'habite plus au même endroit.

Romy est en CE1. Moi, je suis beaucoup plus grand, je suis en CM2. Même que l'année prochaine je serai déjà en sixième et j'irai au collège tout seul, en car.

Sauf que dans la nouvelle école, c'est une classe unique, alors on a tous les deux la même maîtresse qui s'appelle madame Buto.

Elle est gentille, madame Buto, même si la nuit c'est un loup-garou. Mais il faut que je vous raconte d'abord la suite sinon vous n'allez rien comprendre.

En rentrant de l'école un soir, on s'est aperçus que madame Buto habitait la maison juste à côté de la nôtre, même que ça nous a fait bizarre d'imaginer la maîtresse en dehors de la classe.

Est-ce que la maîtresse a une vie comme les gens normaux ? Est-ce qu'elle va chez Intermarché ? Est-ce qu'elle regarde la télé ? Est-ce qu'elle fait caca ? Romy pense que non, mais moi je lui ai dit que si, mais ça fait bizarre quand même d'imaginer ça.

Et donc, c'est la nuit qui a suivi que tout a commencé.

Le soir, papa nous avait encore fait des pâtes. Il ne fait que ça, des pâtes. Des fois c'est des cannelloni, des fois c'est des tortellini, des spaghetti, des fettuccini, des torsettes, des nouilles, des coquillettes… Ce soir-là, il nous avait fait un gratin de macaronis trop salé et trop cuit mais ça va, j'aime bien.

Sauf que vers minuit, j'ai eu extrêmement, extrêmement soif à cause du gratin trop salé, et Romy aussi, alors on est descendus tous les deux boire un verre d'eau.

C'est là, dans la cuisine, qu'on a entendu le bruit. C'était comme un grognement et ça venait du dehors, de la maison de madame Buto.

Ça alors !

Papa nous aurait engueulés comme du poisson pourri s'il avait su qu'on était debout après minuit. Mais on était curieux et vu que de toute façon il dormait, avec Romy on a mis nos chaussures et on est sortis voir d'où venait le bruit.

La nuit était jaune grâce aux réverbères et heureusement parce que sinon on n'aurait pas vu madame

Buto sortir de chez elle pile à ce moment-là.

Là je vous dis que c'était madame Buto mais en vrai, sur le coup on ne l'a pas reconnue du tout. Nous, ce qu'on a vu, c'est un gros animal qui ressemblait à un loup, debout sur ses pattes de derrière.

« C'est un loup-garou ! » a chuchoté Romy, très excitée, « je le sais parce qu'il y en avait un dans la série que j'ai regardée à la télé l'autre jour chez mémé ! »

Elle n'avait pas l'air d'avoir peur et moi non plus je n'avais pas peur, parce que notre tonton Stéphane a un chien grand comme un poney, alors on est habitués.

Le loup-garou était à seulement quelques mètres de nous. Ce qui était bizarre, c'est qu'il portait la robe à fleurs de madame Buto et aussi qu'il sentait le parfum à la lavande, comme elle.

« C'est la maîtresse ! » a dit Romy. « Je le sais, j'en suis sûre, je reconnais ses yeux. »

«Pas de problème», je me suis dit, «on est complètement fous ou alors je suis encore en train de dormir et c'est un rêve. Si c'est un rêve, je voudrais rêver qu'il pleut du chocolat».

Et alors je me suis concentré très fort, mais comme il ne s'est pas mis à pleuvoir du chocolat, j'ai bien été obligé d'accepter l'idée. Madame Buto, notre maîtresse, était aussi un loup-garou.

Et donc c'est à partir de ce moment-là que notre vie est devenue compliquée.

Et ensuite ?

Ensuite rien. Le loup-garou est parti et nous on est rentrés se coucher, parce que ça faisait beaucoup d'émotions d'un seul coup et puis on ne voulait pas se faire disputer si papa nous trouvait debout.

Avec Romy, on a fait un conseil de guerre comme les Indiens, tous les deux assis en tailleur sur le tapis de sa chambre (sa chambre c'est celle qui est la plus éloignée de celle de papa, il risquait moins de nous entendre).

On se demandait s'il fallait parler de ce qu'on avait vu à un adulte, parce que c'était quand même peut-être grave que la maîtresse se transforme en monstre ou en je ne sais pas quoi.

Romy voulait au moins le raconter à mémé, mais finalement on a décidé qu'on ne dirait rien du tout à personne.

De toute façon les adultes ne croient à rien, ils n'ont jamais le temps et ils y connaissent zéro en créatures fantastiques. En plus de ça, on aurait été obligés de dire qu'on était sortis dans la rue tout seuls après minuit alors qu'on n'a pas le droit, et on n'avait pas trop envie.

Donc, on a décidé que ce serait notre secret entre nous, croix de bois, croix de fer, si je mens je vais en enfer. Ensuite on s'est serré la main comme les hommes politiques à la télé, pour dire qu'on avait pactisé et on est allés au lit, moi j'étais complètement crevé et Romy encore plus, vu qu'elle, elle est petite.

Et le lendemain ?

Le lendemain, on est partis à l'école comme tous les matins, un peu dans le pâté mais pas pire que d'habitude. De toute façon, je déteste toujours me lever. Enfin ce jour-là je me demandais quand même si ça allait bien se passer, avec la maîtresse. Est-ce qu'elle nous avait vus aussi et si elle allait devoir nous manger pour nous faire taire ou alors nous donner plus de devoirs, par exemple.

Mais finalement ça allait, madame Buto était complètement comme d'habitude. Gentille, pas poilue, avec sa robe à fleurs, son parfum lavande et ses yeux bleus, normale, quoi.

Le matin on a fait histoire-géographie et l'après-midi, Romy a fait des arts plastiques et moi du calcul et de l'éducation morale et civique.

C'était un peu bizarre de faire comme si de rien n'était après ce qu'on avait vu la veille (enfin en vrai c'était le même jour vu qu'il était minuit, mais comme entretemps on avait dormi, ça faisait comme si c'était la veille).

On aurait dit qu'on avait rêvé, sauf que moi je savais que non.

En tout cas la maîtresse avait l'air de ne se souvenir de rien, elle n'était pas bizarre avec nous. (Il faut que j'arrête de dire tout le temps bizarre, mais tout ça était TELLEMENT *bizarre* que je n'arrive pas à trouver d'autre mot pour expliquer. Il faudrait que je demande à mémé, elle trouve toujours des façons rares pour dire les choses. Sauf que je ne peux pas, parce qu'avec Romy on a juré craché de ne rien dire à personne. Donc, c'était *bizarre* et il faudra vous habituer, c'est comme ça.)

Le soir, maman a téléphoné. Elle a dit qu'elle était à Kuala Lumpur, c'est la capitale d'un pays mais je ne me souviens plus lequel et comment ça va mes petits chéris, la nouvelle école, la maîtresse, tout ça, est-ce que vous vous êtes fait des nouveaux copains et ici beaucoup de travail, l'entreprise, la chambre d'hôtel, le voyage, ça capte mal et je vous embrasse fort mes petits chéris, faites bien attention à vous et soyez gentils avec papa.

On ne lui a rien dit du tout sur ce qui s'était passé, même Romy a réussi à tenir sa langue ce qui est un miracle, quand on la connaît. Le soir, au dîner, papa nous avait fait des spaghetti.

Pour une fois, on est allés se coucher sans faire d'histoire, après nous être brossé les dents et mis en pyjama.

Sauf que bien sûr, on avait décidé de ressortir en cachette, après minuit, quand papa dormirait. Et c'est exactement ce qu'on a fait.

Alors, alors ?

Alors je ne me souviens plus où j'en étais. Ah oui ! Le deuxième jour, ou plutôt la deuxième nuit. C'est là qu'on a découvert qu'en fait, c'est tout le village qui se transformait à minuit, enfin presque tout le village. Mais attendez, il faut que je vous raconte dans l'ordre, sinon je vais m'emmêler et vous n'allez plus rien comprendre.

Donc, Romy et moi on a fait semblant d'aller au lit, sauf qu'en fait on attendait juste que papa aille se coucher.

Il s'endort toujours pas trop tard à cause du travail. Il dit qu'il est crevé et qu'il en a plus qu'assez et souvent il n'y a rien de bien à la télé. Il ne veut pas s'abonner aux chaînes de séries et quand il commence un livre il dit qu'il s'endort au bout d'une page et que du coup il relit la même page dix jours de suite. En tout cas, à minuit pile, Roro et moi on était dans la rue et on attendait.

Comme Romy est petite, si ni papa ni maman ne sont là, c'est moi qui dois faire attention à elle, vu que moi je suis grand. C'est de la *responsabilité*. Il n'aurait pas fallu que Romy s'abîme ou se salisse ou se fasse kidnapper, ou ne dorme pas de la nuit. J'aurais eu des ennuis et en plus elle est infernale quand elle a mal dormi.

En plus, si on avait eu un problème et qu'on était loin, on n'aurait pu appeler personne vu qu'on n'a pas de téléphone portable. Les parents disent «pas avant la cinquième». Dans mon ancienne classe il y en a déjà la moitié qui en ont un, alors je ne vois vraiment pas pourquoi mais ils disent que ça n'est pas négociable et donc là on n'en avait pas, alors il fallait faire gaffe.

Avant de sortir, j'ai donné des règles. J'ai dit : c'est moi qui commande, on reste ensemble, on parle tout bas et à minuit et demi maximum on est au lit, sinon demain on sera crevés parce qu'on n'a pas assez dormi, surtout Roro, vu comment elle est quand on la connaît, je ne vous raconte même pas.

Romy a dit oui pour tout, sauf pour que je sois chef. Elle est chiante. J'ai été obligé de dire qu'on serait chefs à égalité, mais en vrai c'est quand même moi qui décide parce que je suis le plus grand. Elle m'énerve quand elle fait ça, il faut toujours qu'elle ait raison.

Oui, bon, et ensuite ?

Oui, pardon. Alors donc à minuit pile, comme je disais, on était dehors et on attendait qu'il se passe un truc. On n'a pas attendu longtemps. Madame Buto est sortie comme hier, enfin comme la veille, sous sa forme de loup-garou. C'était trop BIZARRE, même si on s'y attendait.

Elle est passée devant nous sans nous voir. Cette fois, on l'a suivie.

(J'ai trouvé qu'elle sentait la lavande mais aussi un peu le chien, mais c'était peut-être juste une impression.)

Les rues étaient toutes désertes, un peu comme le dimanche mais en pleine nuit. Les lampadaires éclairaient et la lune aussi un peu, donc on voyait bien.

Le loup-garou/madame Buto – je ne sais jamais comment l'appeler, on n'a qu'à dire madame Buto, c'est plus poli, mais il faut l'imaginer sous la forme d'un grand animal avec une grande tête de loup, des pattes et des poils et une robe à fleurs. Mais de toute façon si ce que je raconte est dans un livre, il y aura forcément des dessins, donc pas la peine que je me fatigue à vous expliquer.

Madame Buto descendait la grand-rue du village sur ses grosses pattes arrière. On suivait à distance, excités comme des puces. On se serait crus dans un film d'espionnage fantastique et ça aurait été nous les héros, c'était trop bien. Elle est allée jusqu'à la butte qui est à côté de la place, et là elle s'est carrément mise à hurler à la mort comme font les loups dans les films du Moyen Âge, «Ahouuuuuuuuuuuu! Ahouuuuuuuuuu!», je ne le fais pas très bien mais en vrai c'était fou.

Ça a fait peur à Roro. À moi pas du tout, mais j'ai décidé qu'il était l'heure de rentrer tout de suite parce que demain il y avait école.

(Et là je me suis mis à penser que c'était quand même trop bizarre parce que c'est notre maîtresse qui était là, plus loin, en train de faire des trucs de loup en pleine nuit. Trop trop bizarre de penser à ça, encore plus bizarre que de l'imaginer en train de faire des courses, d'acheter du papier toilette ou de regarder un film en se coupant les ongles de pieds.)

On l'a laissée faire ses hurlements et on a vite filé jusqu'à la maison. C'est là, en passant devant chez madame Fouju, qu'on l'a vue elle aussi.

Qui ça ?

Madame Fouju, c'est la boulangère. Elle est souriante mais sinon je ne la connais pas trop. C'est Roro qui l'a repérée en premier quand on est passés devant la boulangerie.

    Elle était toute verte (je parle de la boulangère, pas de la boulangerie. La boulangerie, elle est rouge). Verte pomme, avec un grand chapeau noir et pointu, comme si elle était déguisée en sorcière pour

Halloween, sauf que le déguisement était extrêmement, extrêmement bien fait.

Elle était en train de remuer quelque chose dans un grand chaudron qui mettait de la fumée violette partout.

« Je t'avais bien dit qu'ils avaient un goût bizarre, ses pains au chocolat ! » m'a dit Romy.

Là, je me suis dit, c'est une blague. En même temps, ça faisait vraiment très réel, je ne sais pas comment dire. J'ai à nouveau essayé de me concentrer pour faire pleuvoir du chocolat, mais ça n'a pas marché. De toute façon je savais bien qu'on n'était pas en train de rêver.

« Formidable », je me suis dit,

«la boulangère est une sorcière! De mieux en mieux!»

Romy rigolait. Je trouve que vu les circonstances, on a plutôt bien pris les choses. Je suis sûr qu'il y en a d'autres qui seraient partis en courant ou qui auraient fait pipi dans leur culotte.

La suite, la suite!

La suite, il faut que je vous la raconte plus vite, parce que c'est là que ça devient intéressant et ça fait déjà une heure que je parle.

Si ça se retrouve dans un livre, le livre fera beaucoup trop de pages et on va s'ennuyer comme un rat mort en le lisant. Moi ça me fait ça, des fois, quand il y a de très longues descriptions dans les histoires et pas assez d'action. Je me mets à penser à autre chose et je n'arrive plus trop à me concentrer.

Et puis en plus je n'ai pas que ça à faire qu'à vous parler, c'est ce soir la pleine lune et j'ai des gens à sauver, mais il faut que je vous raconte pourquoi sinon vous n'allez rien comprendre.

Ce qu'on a fait, c'est que pendant les deux semaines qui ont suivi, on est sortis toutes les nuits et on a mené l'enquête.

Comme je vous le disais, on a découvert au fur et à mesure que presque tout le village se transformait en créature, tous les soirs à minuit pile.

C'est comme ça qu'on a su que le maire était un vampire, le maître-nageur une sirène (on l'a vu se baigner dans la fontaine sur la place du village), le boucher-charcutier, que tout le monde appelle Bébert, se transforme en ogre (super impressionnant d'ailleurs) et le docteur Jiji se change en momie (avec Romy on pense qu'il s'enroule dans les bandelettes de sa propre armoire à pharmacie parce qu'elles ont l'air neuves. Même que ça doit lui prendre du temps).

Cyclope, faune, centaure, léprechaun, goule, gorgone, troll, gnome, zombies et morts-vivants, on a vraiment vu de tout et même d'autres créatures dont on ne connaît pas le nom.

Ça a l'air flippant raconté comme ça (et c'est vrai que des fois on a eu peur au début) mais en fait, une fois transformés, les habitants sont complètement dans leur monde et ne nous remarquent pas. Ils font leur truc de monstre, tranquilles, comme si on n'existait pas.

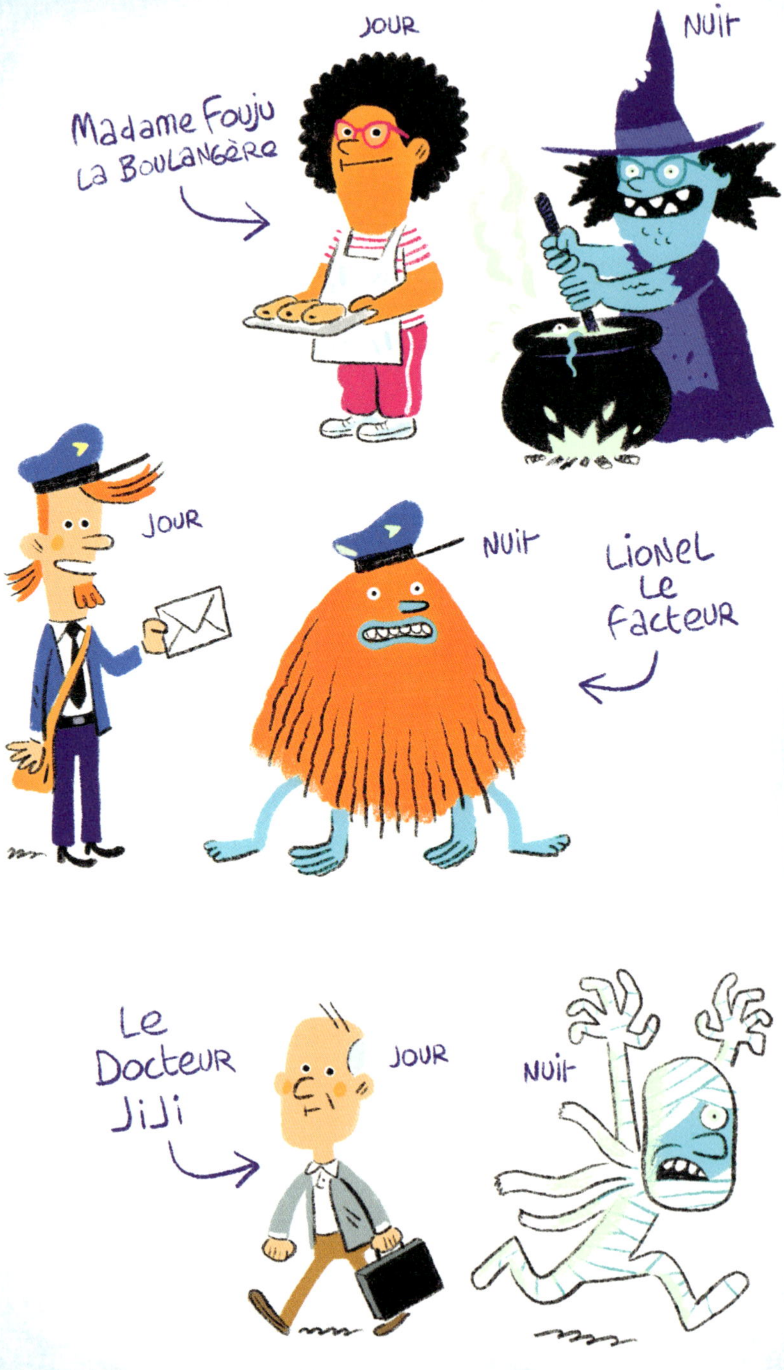
JOUR
NUIT
Madame Fouju
la Boulangère
JOUR
NUIT
Lionel
le
facteur
Le
Docteur
JiJi
JOUR
NUIT

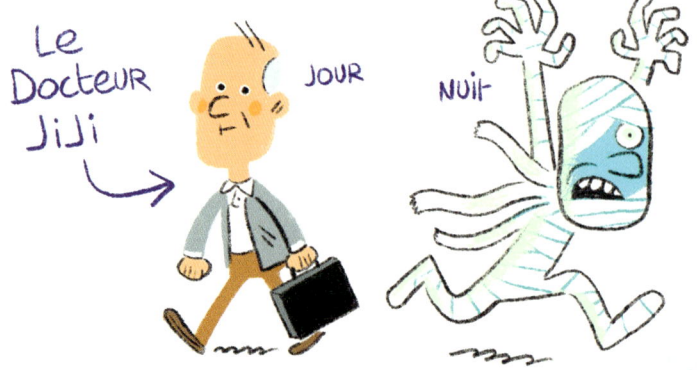

Roro et moi on sortait seulement pas beaucoup plus de trente minutes comme on avait dit et on n'en parlait toujours à personne, même pas à mémé ni aux copains à l'école.

D'ailleurs à part ce que je viens de vous raconter, on n'en savait pas plus. On ne savait pas quand les gens redevenaient eux-mêmes ni pourquoi ils se transformaient comme ça. C'était surtout ça la grande question.

«Ces gens sont victimes d'une malédiction ancestrale», n'arrêtait pas de répéter Romy, alors que je ne sais même pas si elle sait ce que ça veut dire, «ancestral». Il faut toujours qu'elle fasse son intéressante.

Et donc ?

Avec Roro, on avait presque commencé à s'habituer. Enfin pas tout à fait, il ne faut pas exagérer, mais disons que ça nous faisait moins bizarre, même que ça devenait plutôt amusant.

On sortait le soir et c'était comme d'aller au zoo – non, ça c'est méchant pour les gens, il ne faudra pas l'écrire dans le livre. Vous mettrez que j'ai dit que c'était comme d'aller au cinéma, d'accord ?

Donc, on avait pris l'habitude d'aller regarder les gens du village, et des fois on les suivait un peu de loin.

Sauf qu'au fur et à mesure des jours, ils devenaient de plus en plus nerveux, ou «fort agités», comme dit toujours mémé quand je suis chez elle et que je m'ennuie.

Un soir, il y avait une ambiance d'air lourd.

C'était comme avant qu'il y ait un orage en été, quand il fait trop chaud, que ça nous gratte partout et qu'on ne sait pas pourquoi mais après quand il se met à pleuvoir on se sent mieux.

Bébert l'ogre se balançait d'une jambe sur l'autre en faisant des bruits de gorge et en tenant sa grande hache au-dessus de sa tête. Les scouts, qui se transforment en morts-vivants, couraient n'importe où. Madame Fouju n'arrêtait pas de faire des ricanements sardoniques, c'est comme ça qu'on dit pour un rire qui fait peur. C'était horrible.

Tout le monde était dehors et les gens faisaient vraiment n'importe quoi. Le maître-nageur s'est mis à se bagarrer avec le facteur, il y avait de l'eau partout vu que le maître-nageur se transforme en sirène et le facteur en une sorte de gnome ou je ne sais pas trop quoi. Il aurait pu y avoir un blessé, parce que le facteur est beaucoup plus petit et moins musclé que le maître-nageur, en plus je ne suis même pas sûr qu'il sache nager. Le maître-nageur donnait des grands coups avec sa queue de poisson sur la tête du gnome, pendant que le gnome lui mordait l'oreille… olala, c'était vraiment moche à voir.

On ne se sentait pas à l'aise, franchement. On a décidé de rentrer vite fait se mettre au lit avant qu'il nous arrive quelque chose, sauf que c'est à ce moment-là qu'on a entendu la voix de madame Buto et qu'on l'a sauvée d'une mort certaine, comme dit Romy.

Mais attendez un peu parce que je n'en suis pas encore là et vous n'allez encore rien comprendre si je ne raconte pas dans l'ordre.

Il s'est passé quoi ?

En fait, on était presque arrivés à la maison quand on a entendu un cri. On a reconnu la voix de madame Buto/le loup-garou.

Derrière la maison il y a un lac qu'on appelle «le lac bleu», parce que l'eau est toute bleue, vraiment bleue bleue, comme le couvercle du pot de sel.

Mémé nous a raconté que ça date de la Seconde Guerre mondiale.

Quand les Allemands sont partis, ils n'ont pas voulu que les Américains récupèrent leur matériel alors ils ont tout coulé au fond du lac. Des tonnes et des tonnes d'engins en acier et il y a quelque chose qui a fait une réaction chimique et depuis cent ans l'eau est restée bleue.

Du coup personne ne se baigne, c'est dommage parce que c'est juste derrière chez nous, on ne peut même pas se baigner et ça nous ramène des moustiques tigres. Mais sinon c'est très très beau, l'eau bleue.

C'est de là que venait la voix de madame Buto, du lac bleu, et ça n'avait pas l'air d'aller bien. On a vite couru voir ce qui se passait. Personne ne serait venu l'aider, vu que les autres étaient occupés à faire n'importe quoi et en fait on y est surtout allés sans réfléchir, ce qui était une bonne idée, au final.

La louve-garou était entrée dans l'eau du lac. Elle était coincée et s'enfonçait lentement dans la boue bleue. Si on ne faisait rien elle allait finir noyée et si ça se trouve elle allait mourir, on n'aurait plus de maîtresse

et nous on l'aime bien, madame Buto.

«Arrête de pleurer et aide-moi un peu», a dit Romy alors que n'importe quoi, je ne pleurais pas du tout, j'avais juste une poussière dans l'œil.

Sur le coup on ne savait pas quoi faire parce que ça ne nous était jamais arrivé de devoir sauver quelqu'un qui est coincé dans un lac. On n'apprend pas ça à l'école.

Alors on a pris des grosses branches qu'on a tenues au-dessus de l'eau et on criait le nom de madame Buto pour qu'elle nous entende et qu'elle puisse sortir du lac en s'accrochant aux branches.

Au début elle ne nous entendait pas. On criait «Madame Buto!»,

« Maîtresse ! » et ça ne faisait rien du tout. Et puis Roro a essayé avec son prénom : « Marie-Luce ! » Et là, enfin, elle s'est retournée. C'était magique, comme moment. J'aurais trop voulu pouvoir le raconter à maman et papa, mais c'est un secret alors je le dis juste à vous.

La maîtresse a attrapé la grosse branche dans sa gueule, enfin entre ses dents (mais on a le droit de dire gueule pour un loup, ce n'est pas un gros mot). On a un peu tiré et elle est sortie toute seule, sans trop forcer.

Ensuite elle est repartie vite, sans même nous remercier, après nous avoir éclaboussés en se secouant. Ce n'est pas très poli, mais nous on s'en fichait.

On était fiers d'avoir sauvé la maîtresse. On se sentait comme des héros. Comme Superman ou Batman ou Bruno le Barbare, sauf que nous on n'a pas de costume, pas trop de muscles ni de super pouvoir, mais on avait bien assuré quand même.

C'est déjà fini, l'histoire ?

Non non, ce n'est pas encore fini. Désolé si je parle trop mais c'est qu'il y a beaucoup de choses à raconter et je ne veux pas oublier de détails.

C'est cette nuit-là qu'on a rencontré monsieur Astier et qu'il nous a demandé de l'aider à sauver les habitants du village. Mais il faut me laisser raconter dans l'ordre, sinon je ne vais jamais m'y retrouver et personne ne va rien comprendre.

On venait juste de sauver madame Buto et on était un peu sonnés, quand même. Je vous signale qu'on n'est encore que des enfants et on a fait ça tout seuls, sans l'aide de personne. Moi et Romy, qui est petite.

Et là, quelqu'un nous a appelés. J'ai cru que c'était papa qui nous avait retrouvés, alors j'ai eu la peur de ma vie, encore plus peur que quand Bébert l'ogre remuait sa hache, rien qu'à imaginer comme on allait se faire engueuler.

Mais ce n'était pas papa, c'était un petit bonhomme avec une drôle de tête.

Au début on pensait que c'était une sorte de troll, mais je me suis souvenu que je l'avais déjà vu et qu'il avait la même tête en plein jour. C'était monsieur Astier, le monsieur qui s'occupe du cinéma et de la maison des jeunes.

Il nous a rejoints près du lac et il nous a demandé de le suivre. «Vous avez été très courageux», il nous a dit en marchant. «Vous l'avez sauvée d'une mort certaine, vous savez.»

Il nous a emmenés jusqu'à son bureau et il a commencé à nous montrer un album de photos.

C'était des photos de tous les habitants du village, de jour et de nuit, avec leur prénom et leur nom marqués en dessous. Certaines photos avaient l'air drôlement vieilles, ça se voyait que monsieur Astier faisait ça depuis longtemps.

« Les photos de jour sont plus réussies. Maintenant, j'ai un numérique, mais avant j'avais du mal à prendre des photos avec peu de lumière. Il aurait fallu ralentir la vitesse d'obturation et prendre un pied pour stabiliser, mais je manquais de technique à l'époque », il nous a dit.

Nous on s'en fichait de ses histoires de photos, ce qu'on voulait c'est qu'il nous explique pourquoi le village se transformait la nuit et pourquoi les gens s'étaient mis à faire n'importe quoi, et si on risquait de devenir des monstres nous aussi, à force de vivre ici.

«Ces gens sont victimes d'une malédiction ancestrale» il a dit. Ça a fait très plaisir à Romy qui n'a pas pu s'empêcher de faire la maligne,

«Je te l'avais bien dit et gnagnagna», de toute façon il faut toujours qu'elle fasse son intéressante.

«Et alors?» on a demandé.

«Alors rien, c'est comme ça», il a dit.

Il nous a expliqué que pour se transformer, il fallait être né dans le village. Lui il était né à Château-Thierry et nous deux avec Roro on est nés en ville alors on est à l'abri.

Il nous a raconté que ça faisait des années qu'il habitait là et qu'il veillait sur les habitants. À l'approche de la pleine lune, ils deviennent fort agités (il parle comme mémé). Ils se mettent à commettre des imprudences, à se battre, à se blesser parfois.

Ensuite, plus personne ne se souvient de rien. Madame Buto pense qu'elle s'est griffée en taillant ses rosiers, monsieur le maire pense qu'il doit porter une minerve parce qu'il a dormi dans une mauvaise position… Le facteur se réveille avec de l'eau dans les oreilles, les scouts ont des courbatures… Mais si rien de tout cela n'est vraiment grave, c'est uniquement à cause de monsieur Astier qui veille à ce qu'il n'y ait pas d'accident mortel.

Il nous a montré sa mallette de sauveur de monstres. Elle est extrêmement extrêmement magnifique. Dedans, il y a un sifflet pour attirer l'attention des créatures et les empêcher de tomber, une lampe frontale, des bandelettes et du mercurochrome, des pansements, un coupe-ongles, une pince à épiler pour retirer les épines et une petite bouteille de whisky.

« C'est pour quoi faire, le whisky ? » j'ai demandé.

« Le whisky c'est simplement pour réchauffer mes vieux os en hiver », il nous a dit.

« Heureusement que vous étiez là, ce soir, vous savez. Je vieillis. J'ai de plus en plus de mal à m'occuper seul de tout ce beau monde. » Là, il y a eu un silence et il a rajouté « Si seulement je pouvais trouver quelqu'un qui veuille bien m'aider… Je ne dirais pas non à un petit coup de main. »

Avec Roro on s'est regardés et on a crié en même temps que nous

on voulait bien, qu'on était très courageux et qu'on allait l'aider à sauver les gens et qu'il fallait nous prendre nous comme assistants. Romy levait la main pour parler comme si elle était en classe, elle disait « Moi ! Moi ! Moi ! » Monsieur Astier a rigolé et il a dit d'accord.

Il est allé chercher une autre mallette et il l'a remplie avec du matériel de sauveur de créatures, les pansements, la lampe frontale et tout, sauf le whisky vu qu'on n'a pas le droit d'en boire parce que nous on est des enfants. Depuis, Roro a mis sa gourde de vélo dedans, comme ça si on a soif on peut boire, surtout si papa met encore trop de sel dans les pâtes, ce qui est sûr et certain.

Ah, là c'est fini !

Oui, presque.

Il faut savoir que l'intervalle entre deux pleines lunes est d'environ 29 jours, 12 heures, 44 minutes et 2,9 secondes. Je n'ai pas compté les secondes mais ça fait à peu près ce temps-là que ce que je vous raconte s'est passé.

Romy et moi on est prêts à sortir ce soir. La mallette est cachée sous son lit, on s'est couchés très tôt toute la semaine pour être en forme et on s'est même avancés pour les devoirs.

Ce matin, en passant devant la maison des jeunes, monsieur Astier nous a fait un clin d'œil.

J'espère que ça va bien se passer. J'ai peur et en même temps j'ai hâte. Un peu comme avant la rentrée, quand on est contents de retrouver les copains mais qu'on ne sait pas qui on va avoir comme maîtresse, qu'on voudrait déjà y être mais qu'on est tristes de ne plus être en vacances. Je ne sais pas comment expliquer. Il faut que j'y aille de toute façon.

Vous avez tout noté ce que je vous ai dit ? Vous pourrez m'envoyer le livre quand il sera imprimé ? J'ai hâte de voir les dessins. Ce sera qui, qui va les dessiner, vous savez déjà ? Vous ne pourriez pas demander à Rudy Spiessert de les faire, les dessins ? C'est celui qui fait la BD *Naguère les étoiles*, j'aime trop, je les ai tous lus sauf le dernier.

J'aimerais bien voir comment il dessine madame Buto, et Bébert l'ogre, et papa, et le maître-nageur… Ça deviendrait des personnages alors qu'en fait c'est des vrais gens. Ça serait bizarre.

Bon, cette fois j'y vais, papa va se demander où je suis. Si vous revenez dans 29 jours, 12 heures, 44 minutes et des poussières, je veux bien vous raconter comment ça s'est passé.

Salut !

Bonus : Le contenu de

la mallette de M. Astier